金《ジン》勲《シュン》

時松史子 訳

序

喜び、怒り、哀しみ、楽しむ気持ちは常に人の心のなかにある。人の気持ちという点からみれば、人生とは喜怒哀楽が絶え間なく入れ替わりながら進む過程である……。

私の主人公たち

私がここで描くのは、いずれも身体に腫瘍ができた若者たちだ。いわばその腫瘍がまさに縁となり、彼らは顔を揃えることになった。彼らはみな腫瘍を治療する病院の四号室に入院中で、手術を待っている身だった。一台目のベッドの主は胃に腫瘍がある若者で、相日《シアンリー》という名だ。二台目のベッドに横たわるのは尹秀《インシウ》、彼の首筋には雀ほどの大きさの肉腫ができている。三台目のベッドで過ごしているのは、肘にピンポン玉を少しふくらませたような肉腫ができた鉄三《ティエサン》だ。四台目のベッドの住人となった若者は勝大《ションター》といい、彼の腫瘍は下腹部にあった。

彼らの外見の特徴を一番ぴったりのことばにまとめれば、黒・白・高・低という四文字になる。奶頭山《ナイトウシャン》(1)水力発電所で働く相日は、顔が真っ黒でアフリカの黒人なみだ。かたや芸術団でソロシンガーをつとめる尹秀の顔は、白粉を塗った娘のように白くなめらかだった。食糧倉庫で運搬工をしている鉄三は、バスケットボール選手に生まれついたような体格で、背が高くたくましい。ところが鉄三の向かいのベッドの、町の洋服工場で仕入れ係をしている勝大は、本当にちびで、身長が百四十センチに届かなかった。

彼らは外見がおよそ似つかないだけでなく、性格もまるで違っていた。相日は髪が少し曲毛で、繊細なたちであまり話もしたがらない。尹秀はといえば見た目が娘のようで、性格もおとなしかった。尹秀を「女の片割れ」とからかう鉄三は、大柄なためか少し粗野なところがあるように見える。小柄な勝大は持って生まれた性格か、それとも仕入れに走り回っているせいか、腰を落ち着けることを知らず、シャトル(2)のように絶えずあちこちを行ったり来たりしている。一般に、肉体的に劣るところがある人間はコンプレックスを抱え、積極的に外に出ていかない場合が多いが、勝大はまるっきり違っていた。初対面の人に出会うと、彼はまず自己紹介をしたうえ、最後に決まってこう付け加えた。

「俺は月足らずで生まれた赤ん坊でね、だからさ、背丈が伸びなかったんだ」

入院したその日から、勝大はいっときもベッドにおとなしく横になることなく、一日中病院内を動き回っていた。向かいの病室の癌患者の老人と将棋を指して「将」とか「卒、進め」とか(3)大声を出していたかと思えば、ナースセンターに行って若いナースたちを笑い転げさせている。さらにはある患者が乳腺癌で乳房を切除したと聞けば、その患者のところまで行き、どこそこの何とかいう病院では人工乳房をつくれると教えてやったりした。他人から「お前は恥を知らない、どんな話でも平気でする」と言われると、彼は自信たっぷりに胸をたたき、俺の話は患者たちに精神的に大きな慰めを与えているんだと切り返す。いずれにせよ、勝大は人に好かれる「ひょうきん者」だった。勝大とは正反対に、尹秀はうつ病になったようにいつもきれいな顔を曇らせ、ベッドに横たわったまま天井を仰いでぼうっとしている。鉄三からよく「男に捨てられた娘のざま」とからかわれるのも無理はない。尹秀とベッドを並べている相日は、起きると同時に枕の下からボロボロになった中学の数学や理科の教科書を取り出し、黙って頁を繰っていた。彼はほとんど話をせず、他人に何か尋ねられるとようやく二言三言しぼり出す程度で、四号室ではいてもいなくても変わりない「エキストラ」というところだ。のっぽの鉄三はなかなか面白い人間だった。昼間はひまがあれば、トランプを出して結婚を占っている。夜になると、ナースの目を盗んでひそかにベッドの下の大きなバッグからボクシングのグローブを引っぱり出し、窓伝いに病室を抜け出す。そして外の松の大木に向かってひとしきり早打ちをしていた。彼が言うには、今ちょうど三段を攻略中らしい。

彼ら四人を見舞いにやってくる顔ぶれも種々さまざまだ。勝大の見舞いに来るのは、ほとんどが話好きな町の洋服工場のおばさん連中だった。鉄三のところには、よくアマの「ボクサー」たちがお越しになった。彼らは病室にやって来ては、どこかに酒を飲みに行ってパンチを披露したなどと大声で言いふらしていた。相日は孤児だったが、たまに発電所からも一人二人見舞い客が訪れた。尹秀に会いにくるのはほとんど芸術団のメンバーで、すらりとした身体をきれいな服に包んだ若い娘も少なくなかった。彼女たちがやって来ると、勝大はベッドに貼り付いたように座ったまま動こうとしない。鉄三は病室のなかを動き回り、椅子をすすめたり飲み物を注いだりといつになく親切になる。とにかく、彼女たちが来ると、勝大と鉄三はとびきり上機嫌になった。勝大によれば、彼女たちを見ると元気が湧いてくるそうだ。彼はこうも話した。

「くそっ、俺に会いにくるおばさん連中は、いつだってガキの小便臭い。鉄三の仲間たちは、血生臭いにおいを撒き散らしていて、まったく鳥肌が立つ。やっぱり芸術団の俳優たちが来てくれるといいなあ。部屋が明るくなるし、クリームや香水の匂いが鼻をくすぐって、何ともいい気分だ」

勝大がそう言うと、鉄三も、尹秀や相日も、笑みを浮かべて同感の意を表した。それももっともで、私の主人公たちにとって、消毒薬のにおいが満ちた病室で若く美しい女優たちに会えることは、それ自体が精神的な快楽であった。だが、それはいっときのことに過ぎない。より多くの時間、彼らは癌の恐怖という苦しみに耐えていた。ほかの患者と同じように、彼らも常に自分の身体にできた腫瘍が悪性ではないかという不安を抱えていたのだ。悪性腫瘍ができた人間は、死刑を宣告されたに等しいからだ。

彼らが本当に癌の恐怖と向き合ったのは、やはり、いつも勝大と将棋を指していた老人が霊安室に運ばれた晩だった。四号室は息が詰まるような雰囲気に包まれた。私の主人公たちは悲哀に満ちた面持ちで、呆然とベッドに座っていた。その夜、四人は誰ひとり眠れなかった。深夜になっても、ベッドで寝返りを打つ音が止まない。しまいに、みな申し合わせたようにベッドに起き上がった。勝大のはっきりした声が、室内の重苦しい空気を打ち破った。

「畜生、俺たちときたら、誰もかれもが鬼に魂を抜かれたようになっていやがる。男らしさのかけらもない。こんな調子じゃ、たとえ寿命が長くても何日も持つものか！」

「遅かれ早かれ死ぬんだ、たいして違わねえだろ、まったく！」

鉄三がこぶしでベッドをたたきながら言った。

「おい、俺はな、俺たちこんな調子じゃ駄目だって言っているんだ。今から、みんな自分の人生で経験した一番うれしかったことでも話さないか」

ことばの途中で、勝大はごろんと身体を転がすとベッドからはい上がり、灯りをつけた。

「勝大、それなら、まずお前から話せ」

そう言いながら、鉄三は枕の下から煙草を取り出すと、みんなに一本ずつ投げて寄越した。

尹秀は首を振っていらないという素振りを見せ、煙草を鉄三に投げ返した。

「見ろよ、煙草もやりゃしねえ、まったく『女の片割れ』そのものだぜ。今どきの女の子は、煙草や酒をやってこそ一人前の男だと認めるんだ。お前はさ、看護婦のひよっ子たちの機嫌くらいしか取れねえよ、ハハ！」

それを聞いても、尹秀は苦笑を見せるだけだった。そのとき、勝大がわざとらしく声の調子を整えて、話を始めた。

「みんなよく聞いてくれ。今から、つまり俺が二十五年の生涯を終え、この世に別れを告げようとする前に、とっておきの話をしておこう」

こうして、私の主人公たちは迫り来る死の恐怖から逃れるため、それまでに経験した何よりうれしかったことを順番に話し始めた……。

一番うれしかったこと

勝大によると、町役場が主催したあるバレーボールの試合で、彼は光栄にも主審をつとめた。それが、彼の経験したなかで一番うれしかったことだそうだ。そこまで聞いて、病室は大きな笑いの渦に包まれた。たしかに、小さな勝大が高い主審台に立ち、おごそかに笛を吹いている姿を想像しただけで、十分におかしかった。

「そりゃ見ものだったな。その日は腹が痛くなるまで笑った奴がいたに違いねえ、ハハハ……」

鉄三はベッドで笑い転げた。

「当然だろう、会場中の奴がみんな腹を抱えていたよ、フフッ……」

彼らは思うままにしゃべっては笑い合った。勝大が話を続ける。

「台に立って他人が俺を見上げていると思ったときは、うれしくてうきうきした。それで、俺の方を見て笑っているおばさん連中に、お上品にひとこと言ってやったよ。みんな、俺の背が低いからおかしくて笑っているんでしょう？　でもやめてくださいよ。目を大きく開けてよく見てください、俺は威儀を正してここに立ち、足元の皆さんを見下ろしているじゃないですかって。ハハハ……」

「フフフ……」

「アハハ……」

病室にまた楽しげな笑い声が響いた。やがて、勝大が笑うのをこらえ、鉄三に話を振った。

鉄三も痛快そうな様子で自分の話を始めた。

「ひとことで言やあ、おいらが一番うれしかったのは、ボクシングを覚えてまもなく、おいらに逆らっていた野郎を一発でぶっ倒したことだ……」

「おっ、また血生臭いにおいがしてきたぞ」

勝大がほどほどに皮肉った。

「まったく！　血生臭いのを怖がって、ボクシングが覚えられるか？　ボクシングを覚えるのに、おいらは十二回も鼻血を出したんだ。十二回だぜ！」

「え、貧血にならなかったのか？」

勝大がまたからかう。

「おいらはまた高血圧になりゃしないか心配したぜ。まったく！」

鉄三は自分の額を手でパンパンたたいた。ずっと黙っていた相日が鉄三に聞いた。

「誰を倒したんだ？」

「よろよろした酔っ払いに決まってる」

勝大が小馬鹿にして笑う。

「おいらが酔っ払いばかりぶちのめす意気地なしだと思ってるのか？　お前に話したって意味ねえよ。おいらみたいな馬鹿だって、この世の役に立つことがあるんだ。もしほんとに何もできなけりゃ、たくさん酒飲んで、どんどん煙草吸って、国の収入を増やす、これだってお国のためになる。ハハハ……」

鉄三も自分で話しながらおかしくなったようで、こらえきれずに大声で笑い出した。

「鉄三、何か悲しかったことはあるか？」

相日は笑わずに、真顔で聞いた。

「おいらか？　なかったね」

「なかった？」

「そうさ。人生何年あるんだか、浮かない顔して過ごすことねえだろ。おいらにとっちゃ、これからも悲しいことなんて起こるもんか」

「まさか。この人生、女ごころのようにどんどん変わっていくものですよ」

尹秀がベッドに横になったまま、口を挟んだ。

「まあ見てろ。もしこの目から涙が一滴でも流れることがあれば、おいらは名前を変えてやる。ほんとだぜ！」

鉄三がこぶしで胸をたたいて大言を吐く。

「よし、俺たち見ているからな」

勝大が応じた。


翌日の午後、同室の四人は初めて若いナースと一緒に病院を出て散歩をした。彼らはいろいろな草花が植えられた病院の塀の下を歩きながら、思い思いに雑談にふけっていた。彼らが塀の角まで来たそのとき、突然空中から杏の種がひとつ飛んできてナースの頭にあたった。

「きゃっ！」

ナースが驚いて声をあげる。それと同時に、そばの塀の上からどっと笑う声が聞こえた。五人が一斉に顔を向けると、塀の上には若者が四人座っていて、杏を食べながら彼らをからかってきた。

「おい、お嬢さん、そんな病人連中と一緒にいて面白いか？　こっちへ来いよ、杏をやるぜ。へへへ……」

それを聞くと、ナースは顔色を変え、彼らに向かってペッと唾を吐いた。

「ほっ、この小娘は熟してない杏みたいだ、まだ渋いぜ」

「でもよ、ちょっとかんでみるのも面白いかもな。ハハハ……」

ナースは怒りに震えている。

「鉄三、あいつらを痛い目に合わせてやれ！」

勝大が鉄三の腰を突ついた。鉄三は手ごわそうな四人の若者を見て、二の足を踏んでいる。

「ぐずぐずするな、みっちりこらしめてやるんだ」

勝大が鉄三をせきたてる。鉄三は数歩前に出たが、またすぐに引き返してきた。

「どうしたんです？　自信ないんですか？」

尹秀が聞いた。

「その……やっぱり知らんぷりして行っちまおうぜ……」

「え？　馬鹿にされたのに見過ごすなんてできるか」

「いや、臭いものは鼻をつまんで避けて通れってことさ。怖いんじゃない、鼻つまみ者と関わりたくないんだ……」

「臭いものなら、なおさらきれいさっぱり片付けてやるのが筋だろう。俺がもう少しでかけりゃあな、捨て身で、殴られようが飛びかかっていくんだが」

そのとき、ずっと黙っていた相日が大股で四人に近づいていった。その行動に、勝大たちは呆気にとられた。相日は塀の中にまわり込むと、低いが堂々とした声で四人の若者に言い放った。

「馬鹿げたことを言ってるのはどいつだ？」

「何だと？」

そう叫びながら、「獅子頭《シーズトウ》」と呼ばれる一人が塀の上から飛び下りた。間髪入れず、相日は電光石火のごとく飛びかかり、「獅子頭」が態勢を整える前に両肩をつかむと、顔面にがんと頭突きを食らわせた。「獅子頭」が両手で顔を覆うより早く、相日が彼の肩を下にひと押しして膝頭を突き上げると、膝がちょうど「獅子頭」の下腹部に食い込んだ。「うっ」とうめき声が聞こえるや、「獅子頭」は腹を押さえてくずれ落ちた。ほんの一瞬の出来事だった。相日は手をはたくと、倒れた「獅子頭」には一瞥もくれず、振り返って塀の上の三人に軽蔑したような笑いを向けた。相日の力に恐れをなした三人は互いに顔を見合わせたまま、誰も塀から下りようとしない。相日は突然飛び上がると、バッと一人の足をつかんで引きずり下ろした。引きずり下ろされた方は、訳もわからぬうちに地面に転がっている。相日は手を伸ばして相手の襟元をつかみ、身体を引き上げると、すばやく反対の手でその横っ面を張り倒した。

「あ、あにき、許してくれ、もう二度とやらないから……」

若者は両手で頭を抱えて相日に哀願している。相日は塀の上にいる二人に下りてくるよう手ぶりで示した。二人は形勢不利と見るや、塀の外に飛び下りて逃げていった。そのころ、野次馬が集まりだした。相日はまだ哀願を続ける若者を残し、さっと身を翻すと病室の方へ戻っていく。突っ立ったまま呆気にとられていた勝大たち三人、そしてナースは、夢から醒めたように慌ててその後を追った。まず相日に追いついた勝大が、親指を突き上げて賞賛した。

「おい、みごとな腕前だな。映画でも見ているみたいにすかっとしたよ」

相日はただ、うっすらと笑いを浮かべただけだ。鉄三が追いつくと、相日の肩をたたきながら聞いた。

「間違いない、お前はちゃんとしたところで腕を磨いたんだな。どこで習ったんだ？」

相日はやはりかすかに微笑んで、首を横に振るだけだった。

「そんなにガードするな、誰に習ったか教えてくれ」

しつこく相日にまとわりつく鉄三を見て、勝大が辛辣な横やりを入れた。

「言っておくがな、本当に習いに行くのか？　ふん、お前はな、どこでどう習ったって無駄だ。松の木相手にパンチでも打ってろよ」

それを聞いて、尹秀とナースは我慢できず大声で笑い出した。鉄三は顔をさっと赤らめたが、勝大の攻撃はとどまることなく続く。

「さっき、お前のいつもの怖いものなしの勢いはどこに行ったんだ？　こぶしで人格が鍛えられるのどうのと、しょっちゅう何やらホラを吹いてたじゃないか。それがへなちょこ数人に悪態つかれて……」

「いいかげんにしろ」

鉄三が突然声を荒げた。

「お前のバイオレンス主義よりいいと思うけど？」

勝大のことばに鉄三は激昂して、こぶしを振り回しながらどなった。

「人格だってバイオレンスで鍛えられるんだ。まったく！」

鉄三の科白にどう応じればよいかわからず、勝大と尹秀は口を開けたままぽかんとしていた。だが相日の口元には苦笑が浮かんでいる。

「尹秀、お前が一番怒ったのはどんなことだ？」

鉄三に聞かれて尹秀が答えた。

「怒ったことはないですね」

その返事で、「ものがたりの会」は後が続かなくなった。勝大はベッドにもぐり込みながら、尹秀にひとこと言った。

「お前にとっては、生きることはいつも音楽会のようにすばらしくて、腹が立つことなんてまるでないんだな……」

「歌手だもんな」

鉄三もそう付け加えて、煙草に火を点けた。

「音楽会のような生活は、もう幕が下りてしまいました……」

尹秀は独りごとを言っているようにも、嘆息しているようにも聞こえた。鉄三は灯りを消そうと身体を起こし、相日が枕の下から教科書を取り出すのを見ると鼻で笑った。

「そんな子供の読む本で、博士にでもなれるってのか？　俺なんか、とっくに火付けに使っちまった。早く寝たほうがいいぜ」

相日は何も言わず、わずかに笑って教科書を枕の下に押し込んだ。

灯りが消えた。深い沈黙がふたたび病室を包み、夜が明けるまで続いた……。


あくる日の午前中、尹秀は意外にも非常に腹の立つことに見舞われた。

その日、尹秀は手紙を一通受け取った。手紙を読み終えた尹秀はしばらくぼうっとしていたが、そのうち頭まで上掛けを被ると、一日中ベッドに横になっていた。日が暮れるころ、勝大が病室の外の花壇で草花に水をやっていると、突然窓から小さく破いた紙片や写真が投げ捨てられた。勝大が好奇心に駆られ、地面に落ちた写真の断片を拾い集めて手のひらに並べてみると、それは若い娘の上半身の姿で、なかなかの美人だった。それを見て、勝大は大方の事情が飲み込めた。彼は注意して写真の断片を手のひらに載せたまま、尹秀のベッド脇までやってきた。

「尹秀、この写真は〝道徳法廷[4]〟にまわしてしまっていいんだな？」

鉄三は大股で勝大のかたわらに来ると、その写真を見て、それからそっと尹秀の顔色をうかがった。

「煙草を一本ください」

尹秀が鉄三に手を伸ばした。鉄三がすぐにポケットから煙草を取り出し、箱ごと尹秀に手渡す。尹秀が箱から一本抜くと、鉄三はマッチをすって火を点けてやった。尹秀はひと息も吸い込まないうちに激しく咳き込みだした。勝大がさっと尹秀から煙草を取り上げた。

「吸えないなら吸うなよ。何もわざわざ……」

そう言いながら勝大が煙草を消す。尹秀は両手を頭の後ろで組むと上を仰いだまま横になった。しばらく沈黙した後、勝大が尹秀のベッドの端に座って彼を慰めた。

「女の子ひとりのことで、そんなに腹を立てるなよ。一人前の男なら、鷹揚に構えるんだ。たいしたことない、この世にその娘しかいない訳じゃなし。ほら、そんなにしょげないで、ちょっと外を歩こう」

尹秀はベッドに横たわったまま反応しない。

「おい、もし俺なら、絶対にもっといい娘を探して、前の彼女を悔しがらせてやる」

勝大のことばが終わらないうち、尹秀は身体を起こしてまっすぐ座り直し、怒りをあらわにして叫んだ。

「やめてください！　僕は恋愛だけにうつつを抜かしている訳じゃないんです」

「ああ、この御仁ときたら……」

勝大は匙を投げそうになった。尹秀はいきなりベッドから下りると、あっという間に病室から姿を消した。勝大はしばらく突っ立ったままだったが、突然手を振り払って写真の断片をばらまき、自分のベッドにどっと腰を下ろした。

「まったく、火に油を注ぐことはねえだろ」

鉄三が文句を言うと、勝大はベッドにひっくり返り、悠然と笑った。

「煙草を吸えない奴に火を点けてやるよりましじゃないか……」

「どっちにしろ、おいらはお前とはちがうぜ。お前は恋愛したこともねえくせに、他人にあれこれやたらに……」

「何だと?!」

勝大が吼えるように叫んで、急に立ち上がった。その突然の反応に鉄三は目を鶏のように真ん丸くして、ふらふらと数歩後ずさった。勝大の顔は恐ろしくゆがんでいる。勝大はこぶしを握り締め、直立したまま怒りのこもった目でいっとき鉄三をにらむと、突如身を翻して病室から走り去った。鉄三は口を開けて呆然と突っ立っていた……。

その夜遅くに、勝大はようやく病室に戻ってきた。中に入ると、彼は服も脱がず、ベッドに倒れ込んで頭から上掛けを引っ被った。尹秀と鉄三は申し訳なさそうな眼差しで勝大をしばらくながめ、どちらからともなく小さく息をついた。

沈黙のなかで時間が過ぎてゆく。病室はいつにも増して静まり返っていた。夜半になると、布団の中から勝大のすすり泣く声が聞こえてきた。小さいが、実に悲しげな泣き声だった。鉄三と尹秀、そして相日は誰も眠っていなかったようで、泣き声を聞くとみなベッドに起き上がった。相日がスリッパを履いて、そっと勝大のベッドに近づいていく。

「勝大、どうしたんだ？」

勝大はすすり泣きを止めた。尹秀と鉄三も勝大のまわりにやってきた。

「勝大さん、昼間のことはみんな僕が悪かったんです。腹が立ったからといって、きみに当たることはないのに……」

尹秀のことばが終わると、鉄三も心から謝った。

「勝大、さっきは、おいらも口から出まかせなんか言うんじゃなかった。お前を傷つけちまったな、おいらに何でも言いたいことをぶつけてくれ……」

勝大は涙を拭うと、ベッドに座り直し、うなだれたまま低い声で言った。

「俺ひとりがみんなを起こしてしまって、本当にすまない……」

「いや、違うんだ、おいらたちは端《はな》から寝ちゃいなかった」

鉄三があわてて手を振る。勝大が鉄三に言った。

「お前を責める気はない。ただ、お前のことばが俺の心の傷に刺さってね……実際は自分が悲しくて泣けたんだ。みんなおそらく、俺がどんな出来事で一番悲しい思いをしたかわからないよな……」

勝大は自分が一番悲しかったことを語り始めた……。

一番悲しかったこと

「俺は小説をたくさん読んだ。そのせいなのかどうか、まあラブレターを書くのに困ったことはない。信じないなら、ちょっと調べてみろよ。初めてのラブレターを俺が代筆した奴は山ほどいるんだ。これまで、他人のために書いたラブレターは四十通を下らない。でも、俺は一度だって自分のために書いたことがないんだ。そうさ……他人のは書ける……よく言うだろ、醜《しゅう》なる者は必ず愁《しゅう》を生ずってさ。これはおそらく俺みたいな奴のことを言ってるんだな……」

勝大がそう言うと、鉄三はバッと勝大の手をつかんだ。

「勝大、ほんとにすまなかった。でも、お前もあまり深刻になるな。おいらは信じてるぜ、いつかお前が自分のためにラブレターを書く日が必ず来る、必ず来るから……」

「ありがとう……」

こうして、彼ら四人はまた、それぞれ自分が経験した一番悲しいことを語り始めた。次に話したのは尹秀だった。

「僕は将来をなくしてしまった人間です……」

「そう言ったら元も子もないじゃないか」

相日がことばを挟んだ。

「本当のことです。たとえ喉の腫瘍が悪性じゃなくても、いったん手術をしたら、もう二度と舞台には上がれません。僕がここ数年ずっと打ち込んできたのは歌をうたうことで、ほかには何もできないんです。もし舞台に上がれなければ、将来も何もありません。考えてみてください、悲観だってしますよ。あの娘も、僕が仕事でたいした望みを持てなくなったので、心変わりしたんです……」

「おいらがもしそんな憎らしい娘に出会ったら、思いきりぶん殴ってやる！」

鉄三は我がことのように憤慨した。

「あの娘だってきっと良心の呵責を感じているよ。尹秀、悲しむことはない、言うじゃないか、歩いていけば道はおのずとひらけるって……」

勝大が慰めた。

「そうですね……」

口ではそう言いつつも、尹秀の表情には暗い影がやどっていた。

「相日、お前は孤児だったな、悲しいことがきっとずいぶんあったんだろ？」

鉄三に聞かれても、相日はかすかに微笑んでいるだけだ。

「話してみろよ」

鉄三に催促され、相日はようやく手短に答えた。

「自分が一番悲しかったのは孤児だったことじゃない、こんな年になるまでいくらも知識を身に付けないで、役に立たない人間になったことだ」

「まったく、またその話か。お前からはなあ、ほんとに話っていう話が聞けねえ。おいらにはわかんねえが、人間ってのは、勉強しなきゃだめだってんだな。おいらが相手にできるのは、こぶしを頼りにのさばる奴らかよ。まったく！」

鉄三は怒ってこぶしを振った。

「それも偉大なことさ！」

「あ？　おいらが何か言うたび、このちびは目をむいて逆らうんだな……」

「いやいや、目をむくなんて、俺はただ片目を開けているだけさ、こんなふうにね」

勝大が片目をぱちくりさせておかしな表情をつくる。鉄三も思わず吹き出した。


三人目にうれしい思い出を話したのは尹秀だった。

「僕にとって一番うれしかったのは、去年の春、青年歌手のコンクールで優秀ソロシンガーに選ばれたことです。でも、それも過去の話になってしまって、今さら意味ないですよ。はあっ……」

尹秀は最後に長いため息をついた。鉄三がたずねる。

「そのとき何を歌ったんだ？」

尹秀はベッドに横たわったまま、しょんぼり答えた。

「イタリア民謡『友よさらば』です」

「おう、いい歌だ、いい歌だよな！　ああ、いま手元にギターがあったら、伴奏できるんだが……」

鉄三が残念そうに言う。尹秀はギターを弾くしぐさを見せる鉄三に、悲しげな笑い顔を向けた。

「というと、松の木にすごいパンチを食らわせるそのでかい手で、ギターも弾けるのか。わからないもんだなあ。ギターを真っぷたつにはしないんだろうね」

勝大がまた笑いながらからからかった。

「ほうっ、ちびの口先はまったくよく動くぜ」

「口だけなものか、この足の指だってすばしこいよ」

今度は鉄三も一笑しただけだった。口才《こうざい》にかけては、自分がまったく勝大の相手でないことはわかっていた。

最後に、相日がうれしかったことを話す番になった。相日は少し微笑むとかぶりを振った。

「なんだ、ねえのか?!」

鉄三が叫ぶように聞いた。相日がうなずく。

「もしほんとにねえんなら、お前がだれか娘の手を触ったなんて話でもいいから聞かせろよ」

鉄三にそう言われても、相日は笑みを浮かべながら首を横に振っている。

「本当に何もないのか?」

勝大が思わず聞く。相日はまたこっくりした。

「へっ、それはお寒いな……」

「じゃ、一番腹が立ったことならあるだろう？」

勝大があらためて聞いた。相日はちょっと考え込んでから、ゆっくりうなずいた。

「よし、話してみろよ」

私の主人公たちは話題を転じ、人生で一番腹立たしかったことを思い起こし始めた。

一番腹が立ったこと

相日の話は単純明快だった。

「一番腹が立つのは、自分が以前ちゃんと勉強しなかったことだ」

「それで？」

「それだけだ」

「それで終わりか？　ちぇっ、つまらねえ」

鉄三は口元にあざけるような笑いを浮かべ、首を振った。

「簡単すぎる。どうやら、お前からは何も話が出てこねえようだな。おいらにとっちゃ、一番頭に来るのはけんかのとき先に逃げ出す奴だ。おいらの性分じゃ、追っかけてって一発食らわせないとおさまらねえんだが！」

「その話だって、たいして面白くないよ。俺はな、一番腹が立つのはちびだと他人から同情されることだ」

「つまらねえ話ばっかりだ。同情されるのはあざ笑われるよりましだろ？　まったく！」

鉄三はようやくカウンターパンチの機会を見つけた。

「わからないんだから、ちょっと黙っていろよ。ちびをちびと言うのはあざけりじゃない。ちびをのっぽと言い立てる、それがあざ笑うってことだ。俺が言いたいのは、他人に見下されるのは無論腹が立つが、もっと許せないのは高尚なふりをして、俺みたいな人間に安っぽい同情を見せる奴らだってことなんだ」

「まったくだ！」

鉄三は口をへの字に曲げた。

「何でもまったくまったくで片付けるなよ、まず話を最後まで聞いてくれ。あるとき、俺が紡績工場に布地の仕入れに行ったら、そこで鉄三みたいに背の高い奴に出くわした。そいつは座ったまま指で机をたたいて、俺たちに布地は売れないと言い張るんだ。その様子を見て、俺はとりあえず『わかりました』と引き下がった。仕方なく、俺はそいつを料理屋に連れていって、犬の肉のスープを食わせてやった。そいつはようやく満足して言ったよ、『お前のような奴に、俺は本当に同情する』だとさ。俺ははらわたが……」

「同情する、それほど腹が立つ科白はねえな、まったく！」

「同情なんてふざけるな。他人の金でただ食いして、何も文句ないだろうに、言うにこと欠いて。俺が背が高けりゃ、絶対そんな目に遭うはずがない」

「ああ、というと、そいつはきみの背が低いのでそう言ったんですね」

尹秀がことばを挟んだ。

「実際には、俺をあざけったんだ」

「あざ笑うのは許さない、同情されるのもお断り、ならいったいどうしたらいいんだ？」

鉄三が問い詰める。

「要するに、俺だってひとりの人間なんだ、いつでもどこでも俺の人格を軽く見るなってことだ！」

「どうやら、勝大さんは人格主義者みたいですね」

尹秀が微笑んで言った。勝大は相変わらずのペースで、鉄三の気持ちには頓着せずにことばを続けていく。

「ホラを吹くのも度を過ぎると、誰からも相手にされないぞ。ふん！」

鉄三は顔色を変え、しばらく勝大をにらみつけていたが、突然身を翻して追われるように出ていった。その揺れ動く後ろ姿を見ながら、みんな黙りこくっていた。

その夜、鉄三が病室にもどって来たのはずいぶん遅かった。どこで酒を飲んだのか、鉄三は酔って朦朧とした目つきで、ふらつきながら入ってくる。勝大や尹秀、相日は思わずびくっとして、その挙動を注視した。鉄三はドアに寄りかかり、目を細めて病室の中を見まわしてから、勝大の方に歩いてきた。勝大にさっと緊張が走ったが、彼は懸命に自分を落ち着かせ、歩み寄る鉄三を見ていた。鉄三の顔は豚のレバーのように赤く、何をするつもりなのか見きわめがつかない。勝大の前までくると、鉄三は立ち止まった。強烈な酒気が勝大の鼻をつく。鉄三は勝大を見下ろして何か言おうとしたが、何度か口元を動かしたものの結局何も言わず、軽く勝大の肩をたたいただけで、すぐに自分のベッドに戻ると頭からベッドに倒れ込んだ。

まもなく、鉄三はまたガバッと起き上がってベッドの下からボクシングのグローブを取り出し、窓から跳び出していった。勝大と尹秀、そして相日は互いに目を見合わせ、無言のままだ。そのうち、勝大がベッドを下りて病室から出ていった。勝大が病棟前の松林まで行くと、一本の松に向かって狂ったように打ち込んでいる大きな人影が見えた。勝大がゆっくりと近づき、鉄三の背中を軽くたたいた。鉄三が本能的に振り返る。目の前にいる勝大を見ると、鉄三はうなだれ、グローブをはめた両手で頭を抱えた。勝大は何もことばをかけない。

やがて、鉄三は猛然と顔を上げて、うわずった声で言った。

「容赦せずにおいらを責めてくれ。そうすれば、気持ちが少し楽になるかもしれねえ。今日、おいらは人格を犬にくれてやった……」

鉄三はちょっとことばを切り、それから独りごとをつぶやくように言った。

「こんなに悲しい気持ちになったのは初めてだって気がする……」

鉄三の目から大粒の涙がぽろぽろこぼれた。突如、鉄三は身を翻して、また松の木を強打し始めた。

夜半、鉄三はこれまで感じたことのない悲哀の淵に沈み込んで、長いあいだ寝つけなかった。それも道理で、往々にして大言壮語したがる独りよがりの人間ほど、そして自尊心の強い人間ほど、自分の欠点が暴露されて他人の嘲笑を買ったとき、より痛切に自分の哀れな立場を思い知るものだ……。

一番楽しく幸せなこと

勝大たちは相次いで腫瘍切除の手術を受けた。その結果、医師は勝大や尹秀、鉄三の腫瘍は良性であると判断した。そうなって、彼らが九死に一生を得たように大喜びしたことは言うまでもない。そう、癌の恐怖は完全に拭い去られたのだから、彼らは心からの喜びを味わった。彼らにとって、それは紛れもなく生涯でもっとも幸せなことだった。

だが、ひとり相日だけに無情な「判決」が下った。最終的な診断の結果、彼はすでに胃癌の中期から末期だった。けれども医師は相日に、十分養生して飲食に注意すれば何の問題もないだろうと言った。勝大、尹秀そして鉄三は若いナースから聞いて、相日の手術の情況を詳細に知っていた。彼らは死の淵に近づいている相日を思い、この上ない同情と悲哀を感じていたが、相日にはわずかなことも絶対に漏らしてはならないとわかっていたし、またいつもと変わりない様子を装わなければならなかった。過分な同情や憐憫は相日の疑いを呼ぶ恐れがあるからだ。

相日はまだ我が身の不運を知らないようで、手術から一週間後、またいつものように枕の下から中学の教科書を取り出して読み始めた。その様子を見て、勝大たちは針で刺されるようにつらかった。手術後二十日目、相日は退院手続きを済ませた。彼のような癌の患者にとって、退院とは後事の手はずを整えるために帰宅することを意味する。したがって、勝大たちにすれば、退院のため身辺を片付ける日が、すなわち別れの日であった。

相日が退院する日、鉄三は相日に必ず自分が戻ってから病院を出るように言い置くと、出かけていった。鉄三が出ていってから、勝大と尹秀は病院近くの小さな商店に行って、ジュース・缶詰・粉ミルクなどをたくさん買い、さらに勝大は酒まで一瓶買い込んだ。病室に戻ると、ふたりは酒と缶詰一缶を取り出し、その他の品物を無理に相日のかばんの中に押し込んだ。それから、ふたりは酒と缶詰を開けてベッド横のテーブルに並べ、相日と向き合って座った。

「さあ、俺と尹秀で歓送会をするよ。俺たちみんな、手術してまもない。だからこの酒にはお印に口をつけるだけだ。相日、お前からだよ」

勝大が酒を注いだコップを手に取り、相日に渡す。相日はコップを受け取って、天を仰ぐとごくりとひと口飲んだ。

「おい、口をつけるだけだと言ったろう……」

勝大のことばが終わらないうち、相日がいきなり咳き込みだした。ちょうどそのとき、鉄三が袋いっぱいの果物とギターを引っさげて戻ってきた。むせて苦しそうな相日の姿を見て、鉄三が勝大を責めた。

「なに馬鹿なことやってんだ！　癌の病人に酒が飲めるか！」

「癌」ということばを聞くや、勝大と尹秀は頭の中が「ワアン」となり、反射的に相日を見た。鉄三はハッと失言を悔やみ、手に提げていた果物の袋とギターを床に落とした。

室内は、長いあいだ沈黙が続いた。ずいぶん経ってから、相日が穏やかに低い声で言った。

「みんな、気にするな。実は二、三日前から知ってたんだ」

「えっ?!」

勝大たちは呆然とした。

「二、三日前、主治医の部屋に誰もいないすきに、手術の記録や検査結果をこっそり見せてもらった」

その話を聞いて、勝大たち三人はなおのこと愕然とした。

「おい、鉄三、お前もこっちに来て座れよ。いっしょに少し飲もう」

四人が場所を都合して座ると、相日がコップを手にして言った。

「自分たちは今度別れたら、もう二度と会えないかもしれない。それはつらいことだが、でも、酒を飲むのにしかめっ面して飲むって法はない。さあ、飲みながら自分が一番楽しく幸せだったことでも話そう。まず自分が、みんなの気持ちがこもった酒をひと口もらう」

「少しだけだぞ」

鉄三が注意した。相日はうなずいて、コップに軽く唇だけつけた。

「さあ、次は勝大だ」

勝大はコップを受け取り、やはり口元まで持っていっただけで下ろした。尹秀も同じだった。だが鉄三はコップを受け取ると、立て続けに数口飲んだ。それから、コップを相日に渡しながら、ちょっと調子のはずれた声で言った。

「今日は酔うまで飲むつもりだぜ……」

相日は微笑んで鉄三に言った。

「酔っ払う前に、まず自分の話を聞いてくれ。自分は先の短い人間になってしまった。でも、今もまだすごく強い、生きたいという欲望を持っている。ちょっと現実的じゃないが、絶望するよりはいいだろう」

相日はコップをちょっと持ち上げて、話を続けた。

「自分もいっとき、一生懸命ボクシングを習ったことがあるんだ。人にパンチを見舞ったこともあるし、パンチを食らったこともある。その頃は、手の皮が剥けるまでサンドバッグを打って、内心それをけっこう自慢に思っていた。いま考えると、まったくちょっと滑稽だ。その後、だんだん年をとって、ものも分かるようになったし、殴り合いもあまりしなくなった。みんな、自分が大人になったって言ったよ。でも自分自身は逆に苦しみや絶望の中にいた。それまでは、まだボクシングに生きる楽しみを感じ、精神的な慰めを得ることができた。だが今、どこでも知識の価値が認められ、重視される時代になって、自分という文盲みたいな人間には生理的な機能を持った肉体しかないと気づいたとき、本当に悲しくてたまらなくなった。みんな知っているように、自分が発電所でやっているのはあらゆる雑役だ。知識がないから、ただの一度も、発電機の前に立つことができなかった。考えてみろよ、自分の仕事にどんな楽しみがあるっていうんだ。ある詩人が自分たち発電所の労働者を賛美して『光明を創る人』と言ったそうだが、その中には自分みたいな発電機に触ったこともない能無しだっている。まったく恥ずかしいよ！　今日、自分はこんなふうにみんなの前で過去の話をしたが、それをみっともないことだとは思わない。かえって痛快な気持ちだ。自分にも自身を反省する勇気があったと思うと、うれしいんだ。自分から見たら、他人の前で思い切って自分の過去を振り返ることができる人間は、生きるうえでは強者だ。そう思わないか？」

勝大と尹秀が黙って首をたてに振った。鉄三はうつむいたままプカプカ煙草を吸っている。少し経つと、鉄三はゆっくり頭を上げ、相日を見ながらそっと尋ねた。

「お前がいま毎日あの中学の教科書をめくっているのは、発電機の前に立てるようになるためか？」

相日は何度かうなずいて、それから軽くため息をついた。

「今じゃ手遅れだ。閻魔さまからこんなに早く招待状が届くとはな。だが、今度退院したら、自分は必ずその望みを叶える、つまりエンジニアと一緒に発電機の前で当直をするんだ。たとえひと晩でもいい。自分にとっては、それが精神的な大きな慰めになる。自分の生涯で一番楽しい幸せなことかもしれない……」

室内では、長いあいだ誰も口を開かなかった。沈黙のなか、酒のコップが四人のあいだを数周した。鉄三だけが何口か飲んだが、ほかの三人は格好だけだった。そのとき、若いナースが病室に入ってきた。彼女はみんなが酒を飲んでいるのを見ると、すぐに歩み寄ってコップを取り上げた。

「お酒を飲めなんて言っていませんよ」

四人は黙ったままだ。ナースも余計なことは言わなかった。いつもなら、煙草一本でもこっぴどく怒る。だが今日は、彼女も四人の気持ちを思いやるように、静かにそこに立っていた。やがて鉄三が立ち上がり、ナースの前に行った。

「看護婦さん、今日は見逃してくれよ。形だけなんだ。コップを返してくれ。俺は相日に別れの酒を注いでやるんだ……」

勝大も腰を上げて頼み込んだ。

「今回だけだ、だから看護婦さん……」

ナースは四人の顔を見まわして、ようやくコップを鉄三に返した。鉄三がコップを手に相日の前にもどって来た。

「さあ、相日、この酒を飲んでくれ。お前、お前は、きっとよくなる……」

「ありがとう。奇跡が起きて自分が生き延びたら、必ずお前に会いにいく。ついでにボクシングの手合わせをしよう……」

「いや、だめだ、おいらはもうボクシングと縁を切った」

「そんな必要はない。ボクシングだってスポーツの一種だ、しっかりと練習して腕を磨き、正式な試合に出ろよ」

鉄三はしばらくじっと相日をながめ、唇をかみながらうなずいた。続いて勝大が立ち上がって、相日に酒を注いだ。

「相日、今日、俺はお前の話を聞いて、癌は人の肉体は征服できても、人の意志に勝つこと、生きる信念を奪い去ることはできないんだとよくわかった。感謝するよ。さあ、永遠に命が続くよう祈って、俺の酒を飲んでくれ」

「ありがとう、お前の結婚祝いの酒だと思って飲むよ……」

勝大はバッと相日の手をつかみ、涙を流しながら言った。

「俺が結婚するときは、必ずお前に三度祝杯を受けてもらう、必ずだ……」

勝大の鳴咽まじりのことばを聞きながら、鉄三と尹秀、そしてナースは顔を背けて涙を拭った。

尹秀も立ち上がった。

「相日さん、絶対に僕たち芸術団の公演を一度見に来てください……」

「舞台でお前に会えるんだろうな」

「いや、舞台の上の方にある照明室に来てくださいたぶんそこにいます。今後は舞台で歌をうたうことはできないけれど、公演の照明ならできますから」


相日と尹秀がぎゅっと手を握り合う。鉄三がギターを手に取った。

「尹秀、ちょっと歌え。おいらが伴奏する」

尹秀は喜んで承知した。

「相日さん、僕は手術して声がまったく変わってしまいましたけど、でも歌いますよ。見送りのあいさつ代わりに」

相日と尹秀はもう一度かたい握手を交わした。鉄三がギターでイタリア民謡『友よさらば』の前奏を始めた。前奏が終わっても、尹秀はなぜかひとことも歌い出せず、目に大粒の涙が湧いてくるばかりだ。鉄三が手の甲で目を拭い、もう一度前奏を弾き始めた。今度は、尹秀もようやくしゃがれた声で歌い始めた。

「ああ、友よさらば、ああ、友よさらば……」

鉄三はうつむいて気が触れたようにギターを弾いている。勝大はギターの音に合わせ、涙を流しながら懸命にメロディを口ずさんでいた。相日はちょっと目を閉じ、それから歌い始めた。

「ああ友よさらば、ああ友よさらば、さらば、さらば、さらば、私がもし闘いで命を落としたら、私をあの山に埋めてくれ、ああ友よさらば、ああ友よさらば……」

相日の目から涙があふれている。涙はまた、勝大、鉄三や尹秀、そして若いナースの頬を伝ってとめどなく流れ落ちていた……。

結び

相日が去っていった……。

勝大、鉄三、尹秀も相次いで退院した。新たな喜び、怒り、哀しみ、楽しみが彼らを待ち受けている。

病院は彼らにとって、ひとつの起点だった。そう、人の一生はもともと無数の新しい起点で形づくられているのだ……。

訳註

（1）中国東北部長白山脈にある山の名。
（2）「シャトル」は原文では「風車」だが、日本語の風車では意味が通りにくいので置き換えた。
（3）「将」は日本の将棋でいえば「王手（をかけること）」、「卒」は「歩」にあたる。
（4）「道徳法廷」（原文「道徳法庭」）とは、非道徳的な問題や行為に対する世論や社会の批判を法廷に例えた表現。

著者

金勲（ジン・シュン）

1955年、吉林省生まれ。朝鮮族。延辺大学朝文系、北京映画学院戯曲科卒業。中国少数民族作家学会常務理事。72年デビュー。中・短篇小説『青春舞台』『母の秘密』などのほか、多くの戯曲、テレビドラマ・舞劇脚本を書き『金勲脚本選』がある。ほかにドラマ脚本『蒲公英』、新劇『忘却の人々』、大規模の舞踊劇『天地の仙女』など。中国少数民族文学賞、中国新劇振興賞、中国少数民族脚本優秀賞、全国舞劇創作優秀賞、中国少数民族新劇銀賞などを受賞。

訳者

時松史子（ときまつ ふみこ）

1956年生まれ。成城大学卒業、お茶の水女子大学大学院博士前期課程修了。中国語教授・通訳・翻訳に携わり、翻訳業務では会社諸規約・著作権関係条例・薬事法などのほか、ドラマ・ドキュメンタリーフィルムの字幕や映画ノベライズ作品などを手がける。訳書に『僕の恋、彼の秘密』（竹書房）など。

作品名　喜怒哀楽

著　者　金勲 ©

訳　者　時松史子 ©

*『イリーナの帽子—中国現代文学選集—』収録作品

『イリーナの帽子—中国現代文学選集—』
2010年11月25日発行
編集：東アジア文学フォーラム日本委員会
発行：株式会社トランスビュー　東京都中央区日本橋浜町 2-10-1
TEL. 03(3664)7334　http://www.transview.co.jp